L'ESPRIT

DE

LA CRITIQUE

PAR GIRAUD-PHILIP.

A PARIS,

AU COMPTOIR DES IMPRIMEURS-UNIS,

Comon et Cie,

QUAI MALAQUAIS, N. 15.

1846.

L'ESPRIT

DE

LA CRITIQUE

PAR GIRAUD-PHILIP.

A PARIS,

AU COMPTOIR DES IMPRIMEURS-UNIS,

—o Comon et Cie, o—

QUAI MALAQUAIS, N. 15.

1846.

AVANT-PROPOS.

Voici quelques pages qui m'ont paru manquer à notre littérature.
C'est à cette considération que j'ai dû de les écrire, et c'est elle
surtout qui me porte aujourd'hui à les publier.

L'art poétique de Boileau est un poëme divin : aussi s'est-on
borné à l'admirer, sans croire qu'il fût possible d'y ajouter quelque
chose. — Le dernier mot, sur cette matière eût été dit, si après
avoir régenté ceux qui écrivent, le législateur du Parnasse eût rap-
pelé leurs devoirs à ceux qui jugent l'écrivain, et qui ont tant d'in-
fluence sur les destinées de la littérature.

Mais puisque le maître a oublié de cueillir cette palme, faudra-
t-il la laisser dépérir ? Une tentative est faite aujourd'hui ; d'autres
devront avoir lieu, jusqu'à ce que le succès soit constaté : la meil-
leure manière d'honorer le talent, c'est de s'efforcer de continuer
son œuvre.

J'aurais pu étendre ce petit poëme jusqu'aux proportions d'un
grand volume, mais peut-être alors perdait-il en substance ce qu'il
gagnait en superficie : j'ai préféré m'arrêter à ces limites, hors des-
quelles la Muse didactique lutterait en vain contre l'uniformité. Si

j'ai réussi, on se consolera de ma précision, en me relisant ; dans le cas contraire, je n'aurai été que trop long.

Je me suis permis de blâmer l'abus de ce qu'on a nommé *genre intime et religieux*, ce qui ne signifie point que l'élément sacré doive être exclu de la poésie. M. de Châteaubriand, M. de Lamartine, et, à leur suite, MM. Gaston de Flotte, J. Reboul, et quelques autres, ont puisé dignement aux sources chrétiennes , parce qu'ils avaient pour mobile une vive conviction. Leurs imitateurs , doués souvent d'une piété systématique, se disputent le privilége de l'ennui.

Ce n'est pas sans doute pour ce dernier motif que j'ai fait mes réserves à l'égard du drame moderne et de la satire politique. A défaut du soporifique, j'y ai rencontré l'exagération, péché mortel qui s'arrête tôt ou tard sur la conscience d'un écrivain. Il est telles odes et telles ballades de M. Victor Hugo, qui lui tiennent moins à cœur que son théâtre, et dont l'avenir lui saura plus de gré , de même que le *Napoléon en Egypte* ira plus loin sans doute que la *Némésis*.

Si le titre de mon ouvrage n'effarouche point les femmes, elles trouveront ma galanterie peu scrupuleuse. C'est que, dans ma conviction, la société gagne ordinairement à leurs publications, bien moins que la famille n'y perd. Le principe sauvé, je me hâte d'arriver à l'exception, et de dire à madame Tastu, à madame de Girardin et à celles qui sont sûres de leur ressembler :

> Dans le sexe après tout vous n'êtes plus comprises ,
> Ou du moins vos écrits n'en ont que les appas !

Et, comme toute règle fléchit quelquefois, j'ajouterai, en finissant, que ma pointe aux ouvriers poëtes ne s'adresse pas le moins du monde à Reboul, Jasmin et Poncy.

L'ESPRIT

DE

LA CRITIQUE.

CHANT PREMIER.

Aperçu sommaire de la poésie française, et de la critique dans ces derniers temps
études préparatoires, indispensables au critique littéraire.

Avant que, de la règle écartant la barrière,
Le poëte eût changé de dieux et de bannière;
Lorsque, d'un pas soumis, dans le sacré vallon,
Noble esclave, il marchait à la voix d'Apollon,
Sa pensée éleva, sous le ciel d'Aonie,
Ce sommet où la gloire attendait le génie :
Symbole poétique, un royal arbrisseau,
Le laurier, y penchait son gracieux rameau;
Et non loin la critique, inflexible amazone,
Sur le sentier glissant tenait une couronne.

Ce doux rêve n'est plus : du Pinde dévasté,
Apollon pour toujours s'est vu précipité :
Le Permesse, expirant sur son urne tarie,
Jette un dernier regard à sa rive flétrie;
Vers Sion, sans retour, ses Naïades ont fui,
Et le fleuve d'oubli vient de se joindre à lui.
La Muse est baptisée, elle est mystique et grave;
Un jour nous la verrons accoucher d'un Burgrave;
Sa pâture est le deuil, le désespoir, la mort;
Où donc est la critique? Au pied d'un coffre fort!
On prétend que, du Pinde à son tour descendue,
Elle s'est convertie, et surtout s'est vendue;
Ennuyée au sommet de l'Hélicon vieilli,
Plus ennuyée encore aux flancs du Sinaï,
On l'a vue, en cent lieux, pieusement cosaque,
Escompter sa faveur ainsi que son attaque,
Gourmander Aristote, Horace, Despréaux,
Et vendre au plus offrant sa fourbe et ses bravos.

Malheur donc à celui dont la Muse arriérée
Des vieilles fictions n'est pas encor sevrée,
Qui surtout sans l'aveu d'un critique chagrin,
Dans ce siècle pensif décoche un vers badin;
La France ne rit plus; il faut à ses poëtes,
Sous un œil languissant, des larmes toujours prêtes,
Et des discours semés de sonores *hélas,*

Preuves d'une douleur qu'ils ne ressentent pas :
Ou si l'art des soupirs les trouvait inhabiles,
Nos rêveurs daigneront s'ériger en sibylles,
Au monde politique intimer leurs arrêts,
Ceindre leur Némésis de serpents et de fouets,
Et pour bonnes raisons donnant des rimes riches,
Ils battront tout le siècle à grands coups d'hémistiches.

Pourtant quelques auteurs, favorisés des cieux,
Ont banni de leurs vers un sublime ennuyeux;
Aux attraits surannés de la Mythologie,
Ils ont su finement ravir leur poésie,
Et fuyant Jupiter sans troubler Jéhova,
Ont dit à l'avenir des mots qu'il entendra.
Quand les brouillards du Rhin, quand ceux de la Tamise
Flottaient vers notre France aux novateurs soumise,
Sur l'orgueilleuse scène, et sur l'humble trottoir,
Quand la Muse marchait, fière d'un voile noir,
Dans le deuil de Paris s'égayant sur sa lyre,
Fils de la liberté, Béranger osa rire;
Le cœur ivre de joie, il chanta son amour,
Il sut sans Némésis intimider la cour;
Né pauvre, et resté pur au temple de mémoire,
Lorsqu'il eut des soupirs, ils furent pour la gloire.

Ainsi durant cet âge où de nobles rimeurs

Demandaient à la Muse ou des cris ou des pleurs,
De l'enjouement français, fortuné légataire,
Sans le genre nouveau, Béranger a su plaire.
La critique elle-même a retrouvé parfois
Sa vieille dignité, son imposante voix;
Et tandis qu'à Paris une adroite phalange
Trafique de l'estime, escompte la louange,
On y voit des censeurs riches de probité
Ramener la critique au vœu de l'équité,
Et baser leurs arrêts sur la règle éternelle,
OEuvre de la nature infaillible comme elle :
Imitons leur exemple, étudions leur art;
Et que sur notre camp flotte leur étendard.

Le talent poétique, impatient d'éclore,
Hâta plus d'une fois l'heure de son aurore;
Et pareil à la fleur que le verger produit,
A peine naissait-il que nous vîmes son fruit.
Mais tandis que soudain le poëte s'élance,
Le temps avec lenteur veut mûrir la science;
Et sur un docte front bien des jours ont passé,
Avant que du savoir l'éclat y soit fixé;
Si la Muse encor jeune obtient notre suffrage,
La palme du critique est réservée à l'âge :
Horace explique-t-il son génie aux Pisons?
La beauté de Glycère est pour lui sans rayons;

Elle a fui de Tibur, ou, peut-être fidèle,
Moins souvent elle voit son amant auprès d'elle.

Aussi proscrirons-nous ces précoces censeurs,
Écoliers empressés de juger leurs auteurs;
Vainement dira-t-on qu'au Pinde britannique,
Pope fit à vingt ans l'*Essai sur la critique;*
Chef-d'œuvre de raison trop peu connu chez nous,
Et dont Boileau sans doute aurait été jaloux :
C'est un coup du destin qu'admire la science,
Mais que de voir deux fois elle perd l'espérance.
Plus l'exemple est brillant, moins il devra tenter
L'imberbe lauréat qui voudrait l'imiter.

Vous donc qui prétendez dans le champ littéraire,
Successeurs d'Aristarque, apporter la lumière,
Et, du flambeau du goût qu'élève votre main,
Éclairer le sentier où marche l'écrivain,
Avant de vous lancer dans cette vaste arène,
Longtemps à l'avenue essayez votre haleine,
Et redoutez cent fois qu'imprudemment partis
Vous n'alliez échouer conspués et meurtris;
Dans l'abri protecteur de votre solitude,
Préludez au péril par une longue étude :
Rien ne doit échapper à l'oracle du goût,
L'écrivain sait son art, vous devez savoir tout.

1*

D'abord, sans affecter un dangereux purisme,
Connaissez votre langue et son fin mécanisme;
C'est peu qu'en vos discours reluise l'ornement,
Il faut qu'ils soient encore écrits correctement;
Que jamais aucun mot, protégé par la grâce,
Du mot propre éconduit n'y retienne la place;
Et cherchant le précepte et l'exemple à la fois,
Vous devez à l'écart façonner votre voix.

Suffira-t-il pourtant que, remplis d'un beau zèle,
Longtemps vous méditiez la langue maternelle?
Au critique surtout doit être dévoilé
L'idiome savant qu'Aristarque a parlé,
Et nul ne concevrait qu'un régent du Parnasse,
D'après des traducteurs voulût connaître Horace.
Aussi contre le grec et contre le latin,
Vous laisserez gronder un écolier mutin;
Quiconque de les fuir hardiment vous conseille,
Est semblable au renard qui médit sous la treille.
Le poëte, il est vrai, peut, sans un grand péril,
A l'égard des anciens se montrer moins civil;
Avec moins d'ornements, mais plus riche peut-être,
Dans sa beauté native il se plaît à paraître;
Loin des sentiers battus, il sait s'aventurer,
Et d'ailleurs Despréaux suffit pour l'éclairer;
La noble antiquité, ses grâces immortelles,

Revivent dignement dans les nouveaux modèles,
Et, sans l'aide du grec, la Muse a, de nos jours,
Conquis plus d'une fois de solides atours.
Mais au but de son art, rarement le critique
Arriva sans entrer au chemin de l'antique;
Avec autorité réglera-t-il les rangs,
S'il ne peut dans la lice opposer les talents,
Et, dans ce grand concert donné par le génie,
De tous les instruments comparer l'harmonie?

Mais, après votre langue et celle de nos dieux,
Aucune autre ici bas n'aura-t-elle vos vœux?
Déjà je vous entends avec humeur me dire :
« Quoi! ce n'est pas assez, et peut-on y suffire?
Est-ce en italien qu'on juge les Français?
A quoi bon l'allemand, l'espagnol et l'anglais?
Qu'un voyageur, cherchant la fortune et le monde,
Entende toute langue, à chacune réponde,
C'est son rôle, et d'ailleurs les langues d'autrefois
Rarement ont lassé sa mémoire et sa voix :
Mais imposer encor cette tâche au critique,
N'est-ce pas le pousser sous un joug despotique?
Étourdir son esprit d'un cliquetis de mots?
Le détourner enfin de plus graves travaux? »

Eh bien! si cette étude est loin de vous sourire,
1*.

Dès lors sur nos voisins dispensez-vous d'écrire :
Vous, critiques français, de quel droit, en quel nom,
Sans connaître l'anglais, jugeriez-vous Byron ?
Au gré d'un traducteur, d'un copiste infidèle,
Irez-vous préciser le talent du modèle ?
Albion l'a fait dieu, soit ! Mais de ses beautés
Vous n'aurez qu'un reflet aux douteuses clartés ;
Et, sur la foi des siens, pour nous mentir peut-être,
Vous nous direz : « Byron de son siècle est le maître ! »

Mais l'obstacle est franchi ; vos courageux efforts
Vous ont du polyglotte assuré les trésors :
Quels travaux toutefois vous attendent encore !
Que souvent vous verrez, longtemps avant l'aurore,
Le sommeil de vos yeux écartant ses pavots,
Vous ravir aux douceurs d'un fugitif repos !

Voyez-vous au lointain la vénérable Asie,
Dans son berceau sacré vous montrer le génie ?
Entre deux univers, poétique géant,
Homère s'est dressé dans l'antique Orient :
Tandis qu'à ses genoux s'incline le vulgaire,
Critiques, il vous sied d'entrer au sanctuaire,
De demander au dieu par quel art séducteur,
Il éclaira l'esprit et captiva le cœur :
Vous devrez dans Homère épiant la nature,

Au front de ses héros en saisir la peinture,
Observer, définir les agréments divers
Qui parent sa pensée, et colorent ses vers :
Puis, glissant lentement sur le torrent des âges,
De ses imitateurs vous lirez les ouvrages.

Virgile le premier, homérique vassal,
Offre son Enéide à votre tribunal :
De son style divin vous admirez les charmes,
Mais lorsque retentit le signal des alarmes,
Achille, Hector, Ajax, le vainqueur de Rhésus,
En vain les cherchez-vous dans Enée et Turnus ;
L'art vient de décliner, et le royal poëte
Lui-même, au lit de mort, avouera sa défaite.

Le combat cependant est loin d'être fini ;
A ses fiers devanciers Lucain porte un défi ;
Lucain jeune talent qui, chantant la patrie,
Dans son amour pour elle a trouvé du génie :
Devant son monument daignez vous arrêter ;
Aussi haut que Virgile il n'a pas su monter,
Mais des traits enchanteurs lui méritent l'estime ;
Orateur du Parnasse, il est souvent sublime.

Plus tard la Muse épique, après un long repos,
Renaît pour enfanter des prodiges nouveaux :

Avec l'accent vengeur de sa voix sépulcrale,
Le Dante vous convie à la scène infernale;
Arioste, enjoué, sublime tour à tour,
Chante les paladins, les combats et l'amour.
Sur les pas de Gama, cherchant la clef d'un monde,
Le Camoëns a vu, des profondeurs de l'onde,
Monter l'affreux gardien d'un Océan lointain,
Et, vainqueur, le mortel poursuivait son chemin.

Mais quelle voix céleste a frappé notre oreille?
C'est le premier humain qui dans Eden s'éveille :
Pour la première fois, divine de pudeur,
Il voit Eve, il la nomme, il la tient sur son cœur.

Non loin, a vos regards se montrent ces phalanges
Que vers Jérusalem conduit la main des anges :
Deux mondes combattant pour ravir un tombeau!
L'homme vengeur du ciel!... Quel sublime tableau!
En vain de ses arrêts la politique humaine
A prétendu frapper cette lutte lointaine;
Le génie a plaidé l'honneur de nos aïeux,
Et leurs mânes émus ont applaudi des cieux.

Dans les genres divers, tel le futur critique
Suivra jusqu'à nos jours le talent poétique;
En marquera partout le progrès, le déclin,

Et tout ce qu'au poëte a dû le genre humain.

Il faut pourtant, il faut que la Muse indigène
A ses doctes accords plus longtemps vous enchaîne;
C'est là qu'on peut du style apprendre les secrets,
En saisir les couleurs, en distinguer les traits.
Satan a-t-il rugi dans les antres du crime?
Le vers *roule* et *retombe* au fond du noir abîme;
Il marche convulsif, s'il dépeint les autans,
Poussant les flots froissés aux rivages fumants;
Dans les plaines de l'air, joyeuses hirondelles,
Gracieux il gazouille élancé sur vos ailes,
Et monte avec lenteur, lorsque de *forts chevaux*
Tirent un coche, et vont en roidissant leur dos.

C'est peu d'étudier dans notre poésie,
Par quel art une muse arrive à l'harmonie :
Il faut connaître encor quels procédés divers
Nous font à la pensée approprier le vers :
Toujours simple au théâtre, il sait, pour le tragique,
S'élever, s'abaisser, noble, fier, pathétique;
Il est, pour le comique, enjoué, vif, joyeux,
Et fuit dans l'un et l'autre un accent fastueux :
En un récit pourtant, la grave Melpomène
Laissera quelques fleurs paraître sur la scène.

Mais le barde approchait la lyre de ses doigts,
Un style impétueux a signalé sa voix ;
Avec magnificence il s'adresse à la terre,
C'est un torrent qui passe éclairé du tonnerre !
Combien pensent toucher à ce divin transport,
Et parler noblement quand ils ont parlé fort ;
Apprenez à convaincre un rimeur qui s'abuse,
Distinguez la furie et le feu de la Muse ;
Voyez dans ces auteurs de Pindare jaloux,
Ceux qui sont inspirés, ceux qui ne sont que fous.

Chaque âge tour à tour, au sentier de la vie,
Passe, et laisse imprimés son nom et son génie ;
Ses écrits qu'en mourant il lègue au genre humain,
Restent comme un jalon fixé sur le chemin ;
Aux mortels qu'après lui le sort destine à vivre,
Il révèle son âme empreinte dans son livre,
Ses plaisirs fugitifs, ses amères douleurs,
Ses doutes, sa croyance et surtout ses erreurs ;
Aussi s'est-il à peine offert à la lumière
L'ouvrage où les mots seuls aspirèrent à plaire,
Et dont le faible auteur, satisfait de scander,
Pour le progrès humain oublia de plaider :
Le poëte à jamais sûr de son diadème,
C'est celui qui toujours montra l'homme à lui-même,
Qui défendit nos droits, combattit nos erreurs,

Et s'efforça surtout de nous rendre meilleurs ;
L'homme qu'il a chéri consacre sa mémoire,
Et les siècles futurs adopteront sa gloire.

De nos Muses ainsi, comparant les travaux,
Vous peserez le sens beaucoup plus que les mots,
Et n'insisterez point sur un auteur volage
A qui les faits du jour inspirent son ouvrage,
Modiste du Parnasse, et qui, trop exalté,
Perd son livre au chemin de la postérité.

Maintenant l'orateur à son tour vous réclame.
Qu'est-ce que l'éloquence? Un mouvement de l'âme
Que transmet notre voix, et qui, dans l'auditeur,
Atteint rapidement la pensée et le cœur.
Lorsqu'un homme a des cieux reçu cette puissance,
Sa patrie aussitôt s'est tue en sa présence ;
Il deviendra des siens l'oppresseur ou l'appui,
Selon que la sagesse est ou n'est pas en lui :
Aussi la tyrannie, a jamais ombrageuse,
Trouva dans l'orateur une arme dangereuse ;
Elle aime le silence, et de l'obscurité,
Voile ses attentats contre la liberté.
Quand la Grèce perdit son noble Démosthènes,
Les sbires d'un despote avaient surpris Athènes ;
Et lorsque Cicéron expia ses vertus,

Devant les triumvirs était tombé Brutus.
En tout temps, en tout lieu, sur la Seine ou le Tibre,
Le champ de l'orateur fut une cité libre,
Heureuse quand celui qui réglait ses destins,
Dans le crime jamais n'osa tremper les mains,
Et toujours à l'honneur alliant le génie,
Ne trouva point que l'or vaut mieux que la patrie.

Hors du sol politique, on verra l'orateur
Prêter à l'orphelin un accent protecteur,
A la pudeur plaintive immoler l'adultère,
A des fils éplorés rendre l'honneur d'un père,
Ou ministre de paix soupirer au saint lieu,
Interprète sublime entre la terre et Dieu.

Ainsi vous qui devez, dans la lice oratoire,
Marquer des concurrents l'insuccès où la gloire,
De la tradition remontant le chemin,
Des annales de l'art approchez votre main;
Ouvrez ce livre auguste où le plus grand critique,
Sur le premier feuillet, créa la Rhétorique,
Ce livre où l'éloquence a, depuis deux mille ans,
L'un à l'autre enchaîné ses plus beaux monuments:
Là vous découvrirez par quel sage artifice
A l'homme vicieux on fait haïr le vice,
Par quel art on élève à l'indignation

Un cœur où n'a jamais vibré la passion ;
Comment au lâche même inspirant le courage,
On l'entraîne après soi dans l'horreur du carnage,
Et quel adroit ressort nous pousse tour à tour
Du calme à la fureur, de la haine à l'amour.
Vous verrez quelle voix sait maîtriser l'enfance,
Le vieillard, l'âge mûr, l'indigent, l'opulence ;
Enfin, pourquoi fuyant la structure du vers,
La période en suit les mouvements divers.

Mais déjà mon critique approche de l'arène,
Le péril lui sourit, il s'en prive avec peine ;
D'autres soins en effet le retiennent encor,
Et ses préparatifs entravent son essor :
Il lui faut désormais, étudiant l'histoire,
De ses prédécesseurs y suivre la mémoire,
Établir chez les Grecs, fixer chez les Romains,
Tout ce qu'à la critique ont dû les écrivains ;
Et comment jusqu'à nous poursuivant son ouvrage,
Elle a su des beaux arts conjurer le naufrage.

Pour ce dernier travail revenus sur vos pas,
Que de rudes sentiers ne parcourrez-vous pas ?
L'histoire qui moissonne au terrain politique,
Ne glane qu'avec peine au champ de la critique ;
Elle y peut tout au plus montrer à vos regards

De rares éléments de tous côtés épars :
Afin de rassembler ces débris solitaires,
Aux plus vieux manuscrits dérobez leurs mystères,
Ce qui semble perdu peut n'être qu'enfoui,
Disputez hardiment ses trésors à l'oubli.
La vérité, cherchée avec persévérance,
De la nuit quelquefois lumineuse s'élance.

A votre rôle ainsi vous devrez préluder :
Apprenez maintenant à savoir vous guider.

CHANT · SECOND.

Règles de conduite que le critique littéraire doit suivre dans ses jugements
et dans sa polémique.

Lorsque à peine échappé d'une enfance inquiète,
Fier de l'éclat divin dont rayonnait sa tête,
Le génie avança dans le monde étonné,
Il le vit devant lui saintement prosterné.
L'art fut roi dans ce jour; si l'agreste Ionie
N'a pas senti soudain l'aurore du génie,
Bientôt nous la verrons lui dresser des autels,
Et transmettre son œuvre et son culte aux mortels.
Au milieu des transports d'une foule en délire,

Que pouvait la critique? elle-même, elle admire;
Ou, devant ce soleil sans égal dans les cieux,
Confuse et désarmée, elle baisse les yeux.

Plus tard, quand des rivaux, descendus dans l'arène,
Sont venus du génie arpenter le domaine;
Quand cette monarchie a vu, dans son giron,
Des conquérants divers dresser leur pavillon,
La critique aussitôt, levant sa noble tête,
A chanté la victoire, ou sonné la défaite;
A l'art, dès ce moment devenu plébéien,
Elle a dit : « Je serai ton juge et ton soutien ! »
Et, rivé pour toujours aux fers de sa tutelle,
L'art suivait son chemin, les yeux fixés sur elle.
Mais si, de sa grandeur descendu désormais,
D'un joug qui le protége il supporte le faix,
S'il subit, pour son bien, les chaînes de l'esclave,
S'il veut être repris, il défend qu'on le brave.

Ainsi, sur vos trépieds, oracles du bon goût,
Qu'auprès de l'équité le savoir soit debout !
Avares de l'éloge, et sobres d'anathèmes,
Respectez vos sujets, le public, et vous-mêmes.

Que l'ouvrage, avant tout, ne soit pas étranger
A celui qui prétend dignement le juger :

C'est peu qu'on en connaisse et le but et le titre,
Ou même qu'au hasard on en lise un chapitre :
Pour dire: «C'est mauvais! » pour s'écrier: «C'est bon! »
Il faudra de l'auteur faire taire le nom ;
Et, longtemps du critique exerçant la science,
Le livre devra seul peser dans la balance.
Mais de moindres labeurs tentent nos érudits ;
Ils jugent l'écrivain, sans lire ses écrits,
Et, dans leurs tribunaux, vendus au privilége,
L'intrigue fait la vogue, et la vogue protége :
Aussi que d'aspirants arrêtés en chemin,
Ou combien de succès n'ont pas de lendemain :
Prosateurs et rimeurs, c'est sur leur renommée
Que, dans le jour présent leur œuvre est estimée;
Et, par induction applaudis ou bernés,
Ils passent éconduits ou vivent fortunés.
Le critique, il est vrai, fléchirait sous la peine,
Si tout ce qui s'imprime était de son domaine;
Il doit donc se réduire, et, quand son choix est fait,
Ne parler d'un écrit que lorsqu'il le connaît ;
Il doit, en nous jugeant, consulter la prudence,
Eviter la rudesse, et fuir la complaisance.

Souvent, par son orgueil l'aristarque emporté,
S'il ne l'outrage pas, blesse la vérité ;
Il rougirait d'offrir au scrutin littéraire

Une critique juste et surtout débonnaire;
Applaudir, c'est pour lui se montrer sans esprit;
On s'indigne à le voir *éplucher* un écrit,
Glisser sur les beautés comme sur des épines,
Semer ses feuilletons de pointes assassines,
Et, dans leur majesté présentant les défauts,
Flageller le talent pour le plaisir des sots.
C'est par là qu'un censeur, dans ce siècle d'envie,
Marche, la tête haute, et l'égal du génie:
Le caustique pacha renaît, chaque matin,
Pour vivre des brocards qu'il lance à son prochain,
Et l'auteur est pour lui le bétail d'une ferme
Que son double ciseau tond jusqu'à l'épiderme:
De leur laine, il s'est fait de somptueux habits,
A bourré ses coussins autrefois aplatis,
Et payé les bains chauds, la sulfureuse douche
Que l'art a su conduire à côté de sa couche:
Lui qu'on vit maintes fois, fustigeant les auteurs,
S'écrier, le matin: « O siècle, où sont les mœurs? »
Emporté chaque soir par un riche équipage,
Il rente une maîtresse, il galonne son page.
Où va-t-il? Au Gymnase où, près d'une Laïs,
De la pièce nouvelle il médira *gratis*;
Ou, si c'est en été, si, de fraîcheur avide,
Le pontife du goût laisse sa loge vide,
Demain, dans son journal, nous trouverons ces mots:

« Hier, un vaudeville au Gymnase est éclos ;
On l'a joué sans moi, lecteurs ! mais, à ma place,
Un blond de mes amis a vu cette œuvre en face ;
C'est un homme de sens, et qui ne ment jamais.
Dirai-je ce qu'il dit ?... préparez vos sifflets !»
Et voilà trop souvent la critique à la mode !
Que Villemain du beau nous explique le code,
Comme il est sans maîtresse, et très-peu chevelu,
Rarement les lions de sa prose ont voulu.
S'il aime le théâtre, il y paiera sa loge,
Lui qui, sans persifler, blâme ou donne l'éloge.

Mais tandis que Crantor, dans un gai feuilleton,
Lance le fouet à l'un, à l'autre l'éperon,
Son voisin Lycidas, plus douce créature,
Sous un prisme enchanteur aperçoit la nature.
Rien n'est mal à ses yeux ; aristarque indulgent,
Il vante un vieil athlète, il prône un débutant.
L'encens fume sans cesse aux pieds de son idole ;
Sans roche Tarpéienne il voit le Capitole :
Loin de le diriger, il égare un auteur ;
Il a promis la gloire, et donne le malheur.
C'est lui qui mit au jour tous ces enfants génies,
Fêtés par la critique et les académies.
Lamartines en fleur, et que, dans son journal,
Il nous montra d'abord sous un arc triomphal.

Au mirage inconstant qui leur offrait la gloire,
Les malheureux ont eu la faiblesse de croire :
Parents, repos, fortune, ils ont immolé tout.
Qu'auront-ils ? La misère, et Charenton au bout !
Déjà de leurs seize ans la grâce protectrice
N'arrête plus pour eux le jour de la justice;
Leur jeunesse est fanée, et leurs pâles amis
Attendent vainement le chef-d'œuvre promis.
Enfin, aux jeux floraux leur Muse échevelée
Décoche une élégie ardente, désolée;
Une églogue bien verte, une ode au vermillon :
La moqueuse Garonne est sourde à leur jargon.
Il ne leur reste plus, s'ils n'ont perdu la tète,
Qu'à maudire cent fois leur siècle et leur planète;
Et Dieu sait en quels mots ils feront leurs adieux
A cet ingrat public qui n'a pas voulu d'eux.

C'est ainsi que toujours une aveugle indulgence
Des plus chétifs auteurs provoque la naissance;
Tandis que, par l'excès de la sévérité,
Souvent le vrai talent s'éloigne dégoûté.

Fuyez ces deux défauts : à l'intègre justice
Que, dans vos jugements, la prudence s'unisse;
Consultez l'avenir, et craignez de porter
Un arrêt que plus tard il faudrait rétracter.

Caustiques sans aigreur, indulgents sans faiblesse,
De vos arrêts aussi bannissez la tristesse :
Soyez francs ; échappez au ton fastidieux
Que le blâme et l'éloge entraînent avec eux.

J'ai vu les loups-cerviers de la littérature
Charger leurs plaidoyers d'une ample boursouflure,
Et, pour surcroît d'ennui, dans leurs considérants,
Remonter au déluge et parfois aux Titans.
L'un, à propos de rien, ou de fort peu de chose,
File une théorie, éternise une glose ;
L'autre, moins raisonneur, se plaît à souligner ;
D'une billevesée il ose s'indigner :
« Qu'est ceci ! qu'est cela ! vit-on rien de semblable !
Quiconque a fait ces vers est pour le moins pendable !»
Une mouche à ma tête imprimait son affront ;
Ils veulent la chasser, et m'écrasent le front.

N'imitez pas aussi celui dont la louange
Cherche le nouveau seul, l'exotique, l'étrange ;
Qui trépigne de joie, et trouve de l'esprit
A parler d'un faiseur dont nul n'aura rien dit.
Est-il un Samoïède, au fond du pôle arctique,
Surpris dans ses rochers d'un accès bucolique ?
Un fabuliste russe ? un lyrique esclavon ?
Ce critique cent fois nous redira leur nom.

Il connaît l'Iroquois que la Muse illumine;
Il sait ce qu'elle inspire aux faquirs d'Indo-Chine,
Les vers du grand Lama, les hymnes des Birmans,
Les chants des Indiens-cuivre et des Indiens-serpents!
Un bottier prosateur, un tisserand poète,
Lui donne des transports, lui tournera la tête;
Il savoure leur verve *à l'état primitif,*
Leur parfum de candeur, et leur style naïf.
N'a-t-il pas su prouver à la France étonnée,
Qu'on peut scander très-bien et perdre sa journée?
Et quel autre prêta son imprudent appui
Aux milliers d'artisans qui riment aujourd'hui?

Sans doute que la Muse, en créant le génie,
A pensé lui donner l'univers pour patrie;
Sous le toit plébéien, comme au palais des rois,
Elle place l'enfant dont son amour fait choix,
Et, sur les bords du Gange, ainsi que sur la Seine,
Son œil sait se fixer sur une tête humaine;
Mais que, de tous côtés, et dans le même instant,
Elle fasse germer son sublime talent,
Qu'elle inspire à la fois une foule nombreuse,
Peut-être est-ce la croire un peu trop généreuse.
Parmi ces prétendants à l'immortalité,
J'aime à voir le critique aller avec fierté.
Au barde travailleur s'il laisse une couronne,

Qu'il soit doublement sûr qu'au mérite il la donne.

Mais d'où vient que l'usage à toute femme auteur,
Semble de la critique assurer la faveur?
La plus belle moitié de la nature humaine
Eut toujours envers l'autre une secrète haine ;
A tel point qu'elle allait un beau jour nous quitter,
Horreur que l'amazone est là pour attester :
Aussi, pour conjurer cette fuite fatale,
On décréta d'abord la candeur maritale.
Au contrat social un double lot fut fait :
L'homme prit le pouvoir, la femme le caquet ;
Au foyer domestique elle eut droit de tout dire,
Et, par suite, elle obtint la faculté d'écrire.
La critique dès lors dut trouver le moyen
De vanter nos bas bleus ou de n'en dire rien.
Seulement sur la scène, avec moins d'indulgence,
Sans dire leurs vrais noms, on fronda leur science.
Qu'ils écrivent en paix ! J'en veux rire tout bas,
Mais, les voyant passer, je tiendrai l'arme au bras.

Je n'irai pas non plus, en jugeant un ouvrage,
Dans celui qui l'a fait rechercher mon image,
Vouloir qu'il ait mes goûts et ma conviction,
Et prétendre en un mot qu'il cède à ma raison ;
Toujours à cet écueil périt plus d'un critique :

Tels vers ne valent rien ; grâce à la politique,
Ils vont de bouche en bouche, applaudis, répétés ;
D'autres sont excellents, ils seront rebutés.
Que, parmi nos tribuns, un orateur se dresse,
Sa voix a réveillé les échos de la presse ;
Mais, du même discours, demain, chaque journal,
S'il ne dit : « c'est très bien ! » va dire : « c'est très mal ! »
Cependant le temps fuit, et ses ailes légères,
Du monde politique emportent les chimères ;
Tout change, on vit assez pour reconnaître un jour,
Dans un objet d'horreur, des titres à l'amour.
Alors, si quelquefois, du terme du voyage,
On tourne sa pensée aux lieux de son passage,
De ce qu'on méprisa, de ce qu'on a vanté,
Rien ne subsiste encore, hormis la vérité.

Que la vérité donc à jamais vous éclaire,
Vous qui réglez les rangs au temple littéraire.
Sans elle aucun arrêt ne peut se maintenir ;
Vous aurez le présent, mais non pas l'avenir.

Puissiez-vous fuir aussi cette critique amie
Qui règne sous le nom de *camaraderie*,
Et porte l'étendard où ces mots sont écrits :
« L'esprit qu'on a de reste appartient aux amis ! »
Par malheur, ce défaut tient à notre planète,

La Vénus du hibou fut toujours la chouette :
Aux yeux de tout journal, les discours les plus beaux
Sont ceux que l'orateur écrit dans ses bureaux.
Voilà le fin péché de toute académie,
Le péché de la plèbe et de la bourgeoisie :
Non content de prôner ce que ses amis font,
Tout critique est pour lui dans un respect profond ;
Et, grâce à l'anonyme, en vantant ce qu'il aime,
Charitable, il pourra commencer par lui-même :
Contre un abus pareil je lutterais en vain,
Aussi, sans autre écart, je reprends mon chemin.

Dès longtemps, pour juger les produits de la presse,
Le public du critique implora la sagesse ;
Toutefois au théâtre il n'en est pas ainsi,
Le critique toujours suit le public, ici :
Aux hommes assemblés l'infaillible nature
Donne, avec son instinct, la règle la plus sûre,
Et, dans ce tribunal, plus qu'en tout autre lieu,
La grande voix du peuple est l'oracle de Dieu.
Mais, auprès de l'instinct, trop souvent dans la salle,
S'assied le préjugé flanqué de la cabale,
Automates barbus par qui des chefs rivaux
Opposent tour à tour les sifflets aux bravos.
C'est ainsi que vingt fois une pièce parfaite,
Rebutée et proscrite, a dû battre en retraite,

Tandis que, réchauffé par des amis bruyants,
Un méchant drame vit, et brave le bon sens.

Devant de tels excès, d'une voix énergique,
Protestez longuement contre l'erreur publique;
Aux domaines du beau cherchant la vérité,
Présentez-en l'image avec sévérité,
Et, certain du retour d'une foule égarée,
Dénoncez les meneurs auxquels elle est livrée :
Tel, seul contre son siècle, à Racine éconduit,
Boileau montrait le jour au-delà de la nuit.

Toutefois, dans notre âge, on voit peu le parterre,
Quand un ouvrage est beau, lui déclarer la guerre;
La cabale, obtenant qu'on souffre le mauvais,
Nous accorde le beau, sans de trop longs procès.
Ponsard!... heureux génie!... on se souvient encore
De quels cris l'Odéon salua son aurore.
Après de longues nuits sur les flots agités,
Aux yeux des nautonniers, ivres de ses clartés,
Avec moins de faveur, monte, du sein de l'onde,
L'astre qui rend le jour et l'espérance au monde.
A l'aspect de Lucrèce, Antony se troubla ; -
Près de ses fossoyeurs, Angelo chancela.
Dans les nerveux accents de cette langue pure,
Tout Paris étonné retrouvait la nature,

Et, confuse soudain de ses convulsions,
La scène s'animait du cri des passions.

C'est ainsi qu'un poëte, inconnu de la veille,
Recueille des honneurs ignorés de Corneille;
Le censeur désarmé respecte son sommeil,
Et nul rêve mauvais ne hâte son réveil;
Ses essais que le temps roulait dans la poussière,
Radieux et confus, retrouvent la lumière;
La cour veut le connaître; il voit au boulevard,
La foule s'arrêter, et dire: « c'est Ponsard! »
L'Europe sait son nom, le docte aréopage,
Avec un laurier d'or lui transmet son hommage;
Et, luï-même étonné de cet excès d'honneur,
Il attend l'avenir sans doute avec frayeur.

Pour vous, lorsque, arrivant sous le ciel dramatique,
Un inconnu s'élève à la faveur publique,
Quand, au bout de l'épreuve, à grands cris appelé,
Aux spectateurs émus son nom s'est révélé,
Vous, critiques, sachez qu'une telle victoire
Ne suppose jamais un mérite illusoire.
Toutefois, souriant à ce triomphateur,
Arrêtez sur son œuvre un regard scrutateur;
Viendrait-il d'un seul pas à la hauteur divine,
Où montaient en glissant et Molière et Racine?

Ainsi que les beautés, voyez donc les défauts ;
Sans proscrire en entier les symboles nouveaux,
Distinguez-en le bon, et marquez la nuance
Où finit le progrès, où l'absurde commence.
Enfin, soyez du siècle, et laissez l'érudit
Approuver seulement ce que le maître a dit.

Mais, après l'écrivain, la scène vous présente
La tribu des acteurs, phalange suppliante :
Afin de vous charmer, dès leurs plus jeunes ans,
Ils ont avec sueur façonné leurs talents ;
Rebutés maintes fois par la foule inquiète,
On les vit, sans murmure, humilier leur tête ;
Et, victime d'un sort souvent immérité,
Par des efforts nouveaux leur zèle a protesté.
A ceux que la cabale immole à son caprice,
L'interprète du goût se montrera propice ;
Toutefois, en retour d'un appui généreux,
L'honneur de l'équité doit suffire à vos vœux.

Ainsi, toujours guidés par l'honnéte et le juste,
Ne trafiquez jamais d'un ministère auguste ;
Au temple des beaux-arts, pontifes et gardiens,
Ne les défendez point par de honteux moyens.
Et, lorsque dans vos rangs une lutte s'anime,
Que l'insulte jamais n'y frappe la victime ;

On y doit succomber sous de plus nobles coups :
L'arme de la raison, seule, est digne de vous.
Ils sont loin de nos mœurs ces temps où la critique,
Séditieux état, pédante république,
Divisant en deux camps ses doctes légions,
Conviait l'univers à ses dissensions,
Au sujet d'un auteur se renvoyait l'outrage,
Et joignait pour le moins l'aigreur à son langage.
La critique aujourd'hui doit avec dignité,
Dans le plus vif débat, chercher la vérité,
Et le littérateur dont la bouche injurie,
N'est qu'un faquin lettré que le bon goût renie.
La politique même, avec ménagement,
Sait exprimer sa fougue et son ressentiment ;
Ou, si de ses journaux quelquefois elle abuse,
Un profane intérêt peut lui servir d'excuse :
Mais vous, prêtres de l'art, voués à sa grandeur,
En cherchant le progrès, n'oubliez point l'honneur.

PARIS. — IMPRIMÉ CHEZ PAUL RENOUARD,
Rue Garancière, n° 5.

IMPRIMÉ CHEZ PAUL RENOUARD,
Rue Garanciere. n. 5.